歌集

花の想ひで

いのちの四季シリーズ

吾妻國年

22世紀アート

目次

花の影

白鷺

ふるとねの四季

ゆく夏の
流水《ながれ》に遊ぶ
水鳥に
涼風吹きて
葦《あし》蘆《よし》語る

風立ちぬ
すすきの穂波
さざ波に
色あはき舞ひ
初あきあかね

餌食《ゑじ》漁《あさ》る
葦辺《あしべ》の白鷺《さぎ》の
影ゆれて
跳ね立つ小魚
秋の夕暮

野の草の
垂り穂ゆらめく
鉄路にも
斜陽《ひざし》ほのぼの
ぬくもり愛《を》しみぬ

紺青《あを》き空
大晦日《おほつごもり》に
亡妻《つま》訪《と》へり
波間にやさしく
野鴨らの鳴く

金色《こんじき》に
すすきのそよぐ
夕空《そら》はるか
日輪燃えて
年は暮れゆく

みぞれ降る
浅瀬をのぼる
鯉《こひ》二匹
餌《ゑ》食《じ》まれな季《と》節《き》
生の厳しさ

浅瀬にて
餌食《ゑじ》をついはむ
白鷺の
影はおぼろぞ
春のさざ波

春や春
川岸《きし》の土留《どど》めで
亀たちが
甲羅《かふら》を干せり
菜の花うたふ

のどかなり
菜の花わたる
蝶白く
風　花波に
見えかくれして

風薫る
陽光《ひかり》燦燦《さんさん》
さざ波に
鯉の跳ね立つ
水音ひびく

御父《おんちち》の
はからひありてか
中洲より
鷺 真白《しろ》き群《むら》
夕空にうかぶ

古利根川《ふるとねがわ》（元、利根川の下流域・埼玉東部）

旋回《めぐり》ゆく白鷺の群舞《まひ》ふるとねの
みなも夕焼け反照《ひかり》に没《しづ》みぬ

くれなゐの
花水木の実の
つややけく
首飾りのごと
碧空《あをき》に映えり

ひっそりと
誰《たれ》ささげしか
白百合の
真白き姿
入り日に浮かびぬ

いづくより
あきあかねの舞《まひ》
ひとひらの
去りゆく影は
秋風染めて

家族の肖像

バスガイドの
「長崎の鐘」に
病臥《ふ》す妻の
孤影《すがた》ゆらめき
涙あふるる

病む妻は見舞ふ乙女の微笑《ほほゑ》みに
わが息子《こ》と結婚《むす》ぶ日ひそかに望みぬ
姉弟の母看病のまごころに
見なほす父の感謝のおもひ

紫陽花《あぢさゐ》の
花咲くころを
望みつつ
如月《きさらぎ》の初日《はじめ》
妻去り逝きぬ

西行法師『山家集』
「願はくは花の下にて春死なん
その如月の望月の頃」

お通夜は永き眠りの妻のもと
ふけゆく静けさわれも眠りぬ

痛苦《いた》み臥《ふ》し
亡妻《つま》より
受くる水一杯に
「ありがたう」言へる
夢のうれしさ

ほのぼのとわが淹《い》れしカフェ飲む妻の
微笑《ゑ》む夢《ゆめ》幻《かげ》をいかにとどめん

花影に
満面の微笑《ゑ》み
かがやきて
妹背《いもせ》の道に
幸をぞ祈る

あづま路をたどる愛娘《むすめ》の花姿
「明石の入道《ちち》」の祈り尽きせじ

『源氏物語』松風
「行き先をはるかに祈る別れ路に
たへぬは老いのなみだなりけり」

産《うぶ》の屋の
母の母御が
初子《うひご》抱く
溢る頬笑《ゑ》みぞ
生命《いのち》の母性《はは》の

天井に幼子《をさなご》積み木の音ひびく
寝覚め早くも時ぞ楽しき
弥生《はる》の日に咲く花のごと幼女《をさなご》の
笑顔《ゑがほ》愛らし喜悦《よろこび》あふるる

沈丁花《ぢんちやうげ》

女主人《あるじ》亡くして

遠《とほ》き地に

枯れ果つその身

いかにぞ悲し

むらさきの
藤の花ふさ
風そよぎ
長明「あくがれ」
われも慕ひぬ

藤棚に紫のふさ満ち満ちて
甘き香《かを》りに熊蜂《くまんばち》の羽音

鴨長明『方丈記』によせて

色《とり》々《どり》の
花《はな》のうつろひ
小鳥《とり》うたふ
このうるはしの日
我《われ》存在《ある》の不思議《ふしぎ》

炎熱の
陽光《ひざし》にはゆる
紫薇花《さるすべり》
淡紅《あはき》き色香《いろか》を
往来《ゆ》く人楽しむ

笛吹の
清き流れに
わらべらは
泳ぎをおぼえり
遠《とほ》き夏の日

祖父口誦《うたふ》
「山吹の花」に
少年は
崖に咲く花枝《はな》
みつけてうれし

『後拾遺和歌集』
「七重八重　花は咲けども山吹の
みのひとつだに無きぞあやしき（悲しき）」
（太田道灌逸話）

なつかしき祖父母眠れる奥津城《おくつき》に
花手向《たむ》くればさみだれ寂寥《さびし》

麗美《うるはし》の
凪《なぎ》の海辺に
母子あそぶ
妻子の幻《かげ》か
わが胸ふるふ

ロシア美術展　東京都美術館　二〇〇七年
I・アイヴァンゾフスキー作品によせて

わが祖母は
母の胸より
哭《な》くわれを
奪ひて我の
いのち救ひき

庭先に咲く紫薇花《さるすべり》の木のもとで

灼熱の
紅蓮《ぐれん》の焔《ほのほ》
B29は
焼ける夜空に
アキアカネの如しと

東京大空襲
一九四五年三月一〇日

わが父母を葬《はうむ》る祖父母の悲嘆《かな》しみ知らず
人の多《おほ》さにはしゃぎてをれり

幼き日
薔薇の花冠《くわくわん》に
頬《ほほ》を寄す
その芳香《かぐは》しさは
亡母《はは》の匂ひか

渚《なぎさ》あそぶ
母子《ぼし》うるはしき
永遠《とは》の影
かの日に見《まみ》えむ
あくがれ尽きず

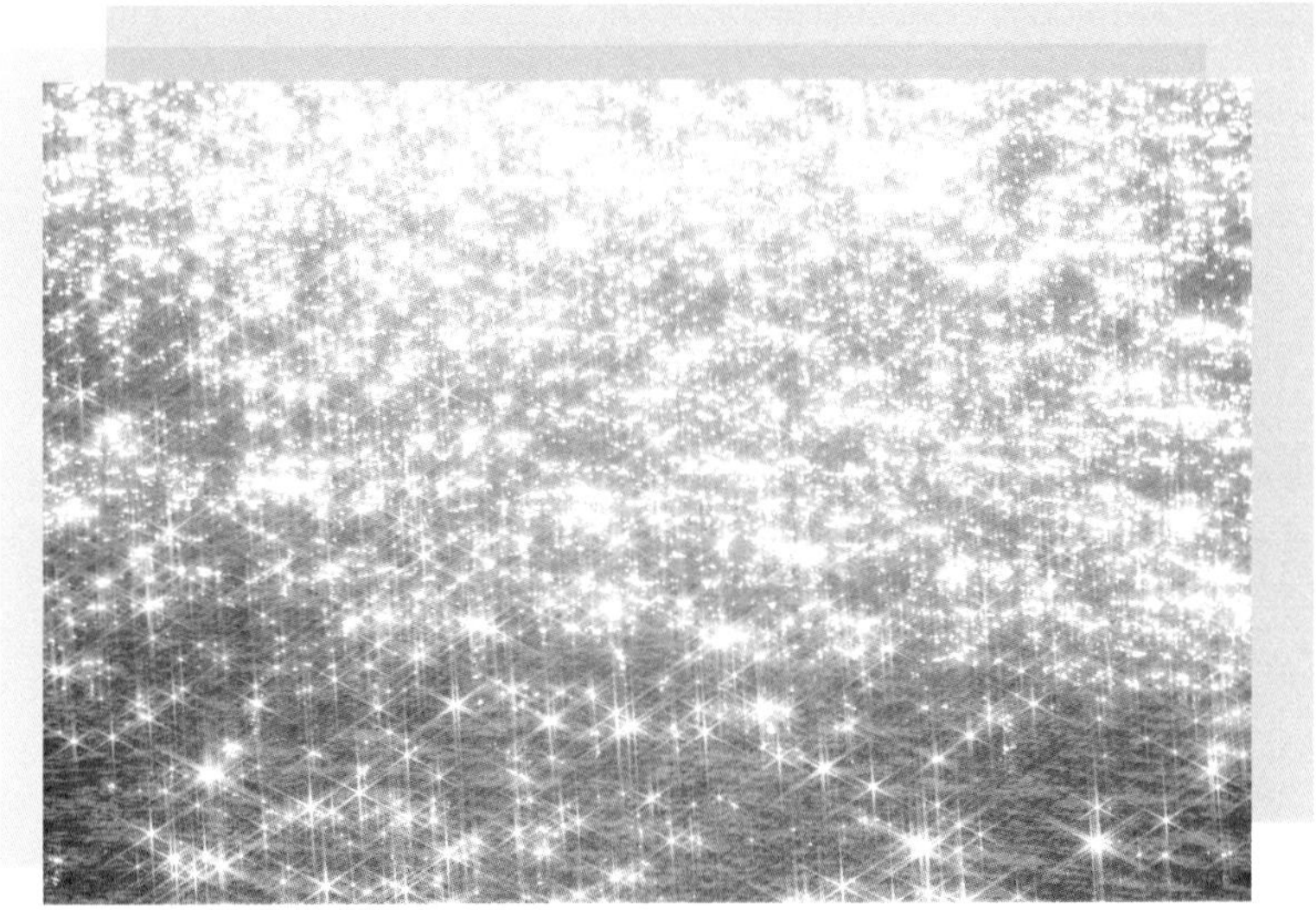

旅の空

山の端《は》に
日輪ややに
沈みゆき
湖《うみ》はさざ波
七色に輝く

北信濃・野尻湖にて

みづうみの
さざ波いざなふ
涼風を
待ちてひぐらし
さやかに歌へり

湖に夜のとばりの降りるころ
歓声《くわんせい》こだまし火の粉がのぼる

星空は
金銀砂子の
降る如し
宇宙の深遠
パスカルの「畏怖」

パスカル『パンセ』
カント『実践理性批判』
旧約聖書 詩編 八篇、一九篇

哲人は実践理性のひかり説き
自然は讃美《たた》へり「栄光 神に」と

ローレライの
岬の湖水《うみ》に
忽然《こつぜん》と
連れ立つ帆影
画竜点睛《ぐわりょうてんせい》

はまなすに
蝦夷地《えみし》の陽光《ひかり》
風薫る
人声少なき
最果ての海岸《きし》

渚立つ乙女らの語らひひそやかに
海風《かぜ》おとづれて髪碧《あを》くそよぎぬ

オホーツク海岸にて

穹蒼《そらあを》く
「霧の摩周湖」
かがやける
そは紺碧《あを》き深淵《ふち》
神秘を湛《たた》ふ

穹《そら》の蒼《あを》摩周の碧《あを》の湖底《みなそこ》の
永遠《とは》の眠りの乙女慕《した》はし

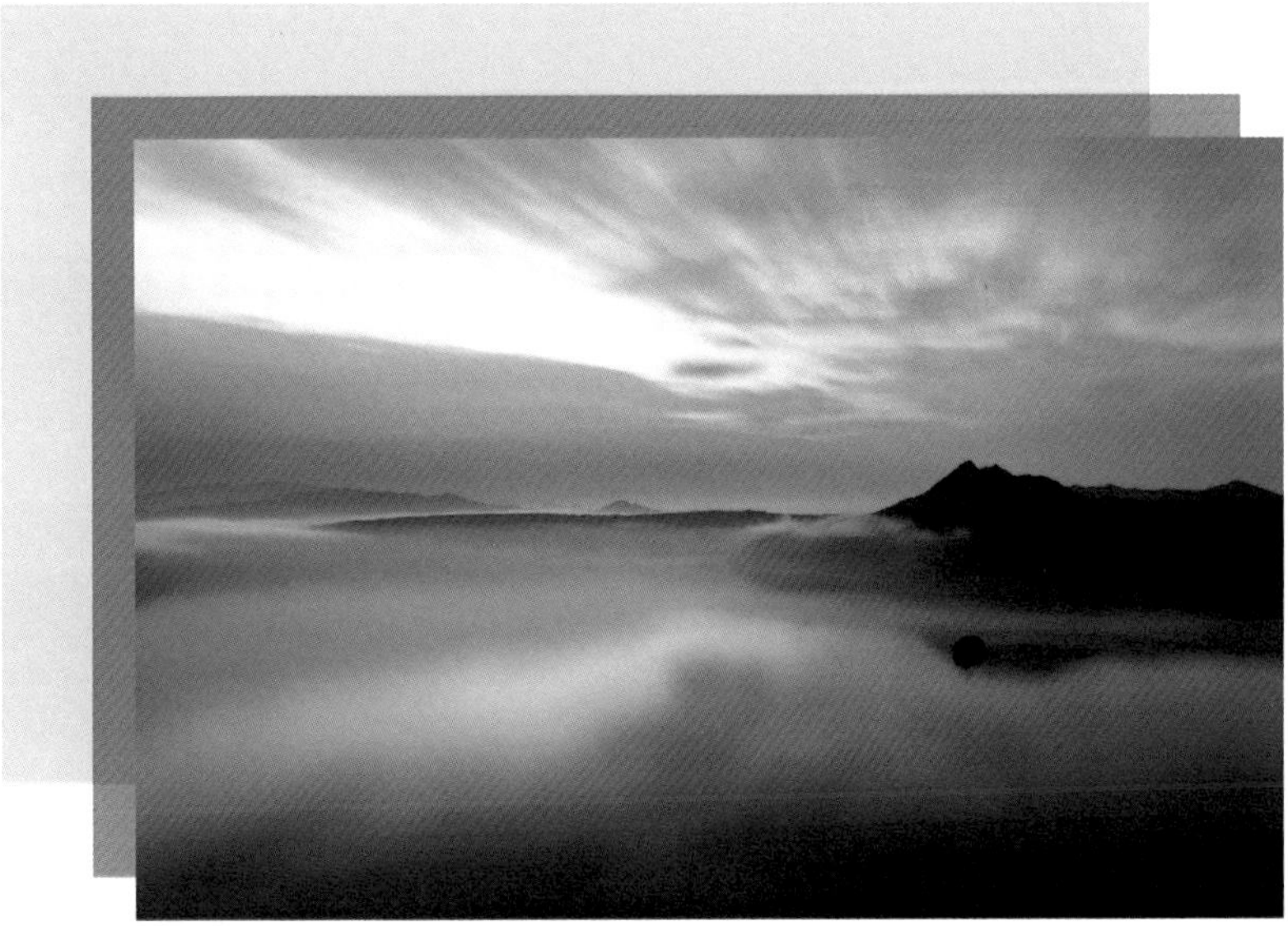

夕焼けに
天草の海
真紅《あか》く染み
殉教《じゆんけう》のいにしへ
われは偲べり

大江天主堂・日本二十六聖人の
一人ルドヴィコ茨木少年

緑陰の小道登れば青《あを》澄き空
白亜の聖堂《みだう》明澄《す》みて端麗《うるは》し
コスモスと潮風かをる聖堂には
ルドヴィコの画像《おもかげ》静寂《しづけさ》つのる

被爆の地
詩歌《ことば》こころみ
言葉の空虚《むなし》
そはカオスなり
かたち拒めり

広島・長崎　平和記念公園

湖水炎上《うみもゆる》
ほのほの紅葉《もみぢ》に
恋ひ焦がれ
みぎはに伏せしか
〃楓の画家〃は

プリンスエドワード島にて
カナダの画家トム・トンプソン

紅葵《べにあふひ》アンの窓辺に想ひよせ
碧くかがやく湖《うみ》を望みぬ

福音《よろこび》を
告ぐ使者《もの》の足
麗《うるは》しき
風琴《ふうきん》うたふ
甘く美し

ヘンデル　オラトリオ「メサイア」
新約聖書ローマ書一〇章

卒業式《そつげふ》に頰つたひ落つ涙のひかる
いかな青春いかな人生《いのち》の
「信望愛」合唱《うた》ひ別るるはるかの旅路《たび》に
摂理の御手《みて》の祝福《さいはひ》祈らん

ロッシーニ「三つの宗教的合唱曲」
第一コリント書一三章

上野不忍池

桜花《はな》満ちて
上野の森は
人の波
花の調べを
かの人きけり

ひらひらと流るる花片《はな》に微風《かぜ》ふるる
かぐはし音《ね》色《いろ》聴かまほしきを

東京奏楽堂・滝廉太郎像

見あぐれば
若葉の蔭に
八重桜
一花弁《ひとひら》の舞《まひ》
風はかをりぬ

「家路」さそふ
水面《みなも》に映る
あかね雲の
ささなみ分けて
子鴨《かも》かへり行く

ドヴォルザーク
「新世界」第二楽章
夕暮れの公園に流れる

差し脚で
水底《みなそこ》漁《あさ》る
白鷺の
嘴《くちばし》の小魚《うを》
夕闇《やみ》にひかりぬ

秋の夕陽《ひ》に
さざ波きらめく
不忍池《しのばず》の
たゆたふ小舟に
亡きひとしのびぬ

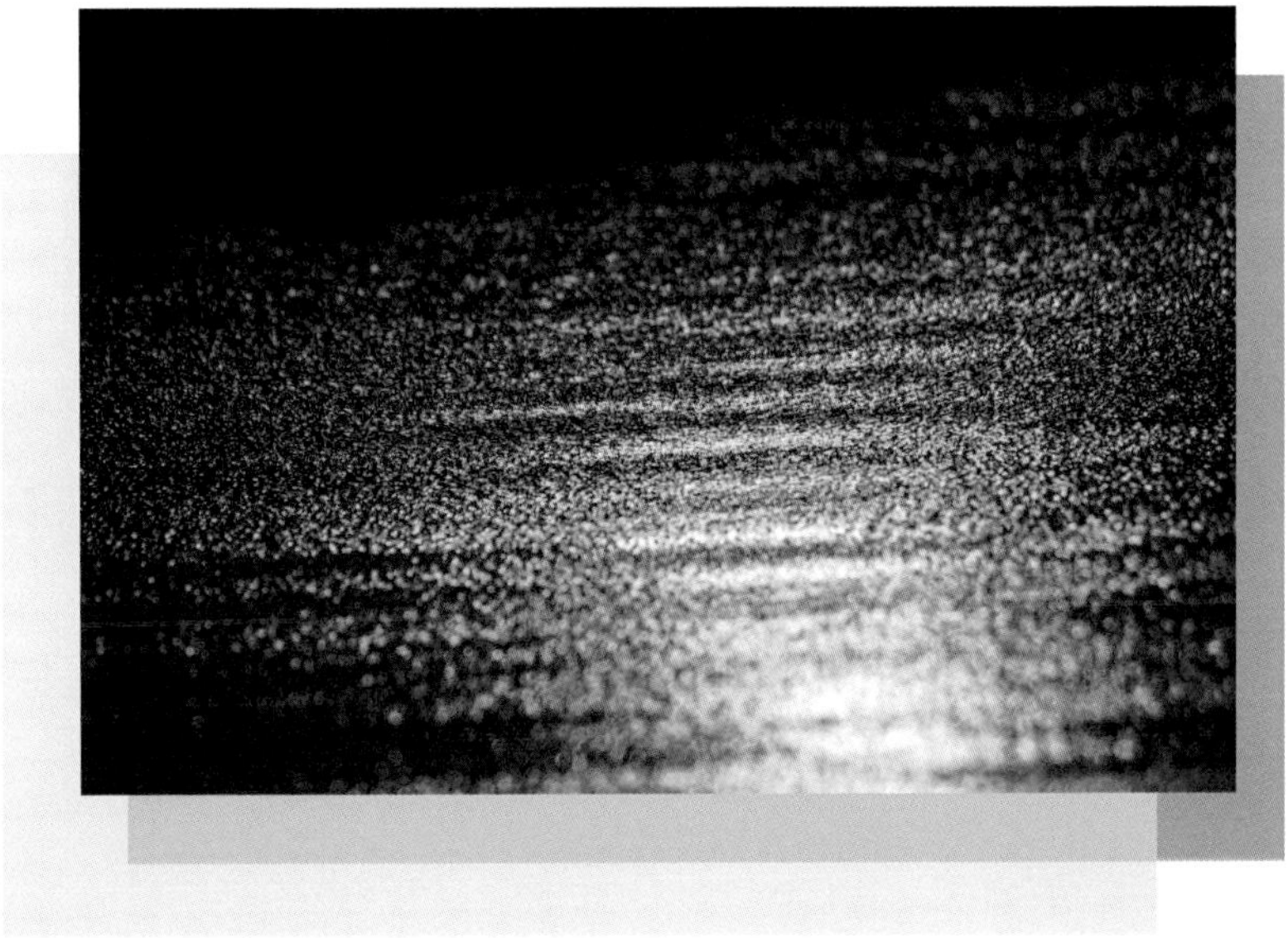

微笑《ほほゑ》めば
幼児《をさなご》の母も
ほほゑみぬ
母性《はは》の情愛《あい》への
励ましのおもひ

動物園にて

ゾウキリンパンダ抱へる笑顔《ゑがほ》の童子《こ》らに
家族の面影過ぎ去りし日々

齢《よはひ》かさねおもき障害《さはり》の息子《こ》の母親《はは》の
車椅子《いす》おす後姿《すがた》にわれ合掌《てをあは》すは

冬枯れの
上野の森に
「道」ありて
あはき追憶
われをめぐれり

冬景色《ふゆげしき》に
そびゆる塔の
崇美《けだか》さも
藁《わら》のいほりの
麗人に如《し》かずや

東叡山寛永寺・牡丹園

忘れまじ
燃ゆる楽の音《ね》
新ホール
指揮者クルツの
「花のワルツ」を

チャイコフスキー
組曲「くるみ割人形」
東京文化会館　一九六二年

園内を
二時間巡りて
観照《み》ること三分
美神のエイドス
精神《こころ》に消えじ

ミロのヴィーナス展
国立西洋美術館 一九六四年
エイドス…事物の精神的本質相

王《わう》陰謀《たくら》む
死地へおもく
忠臣に
思ひひそむる
光の魔術師

レンブラント展　一九六八年
「ダビデとウリヤ」旧約聖書
サムエル記下一一章

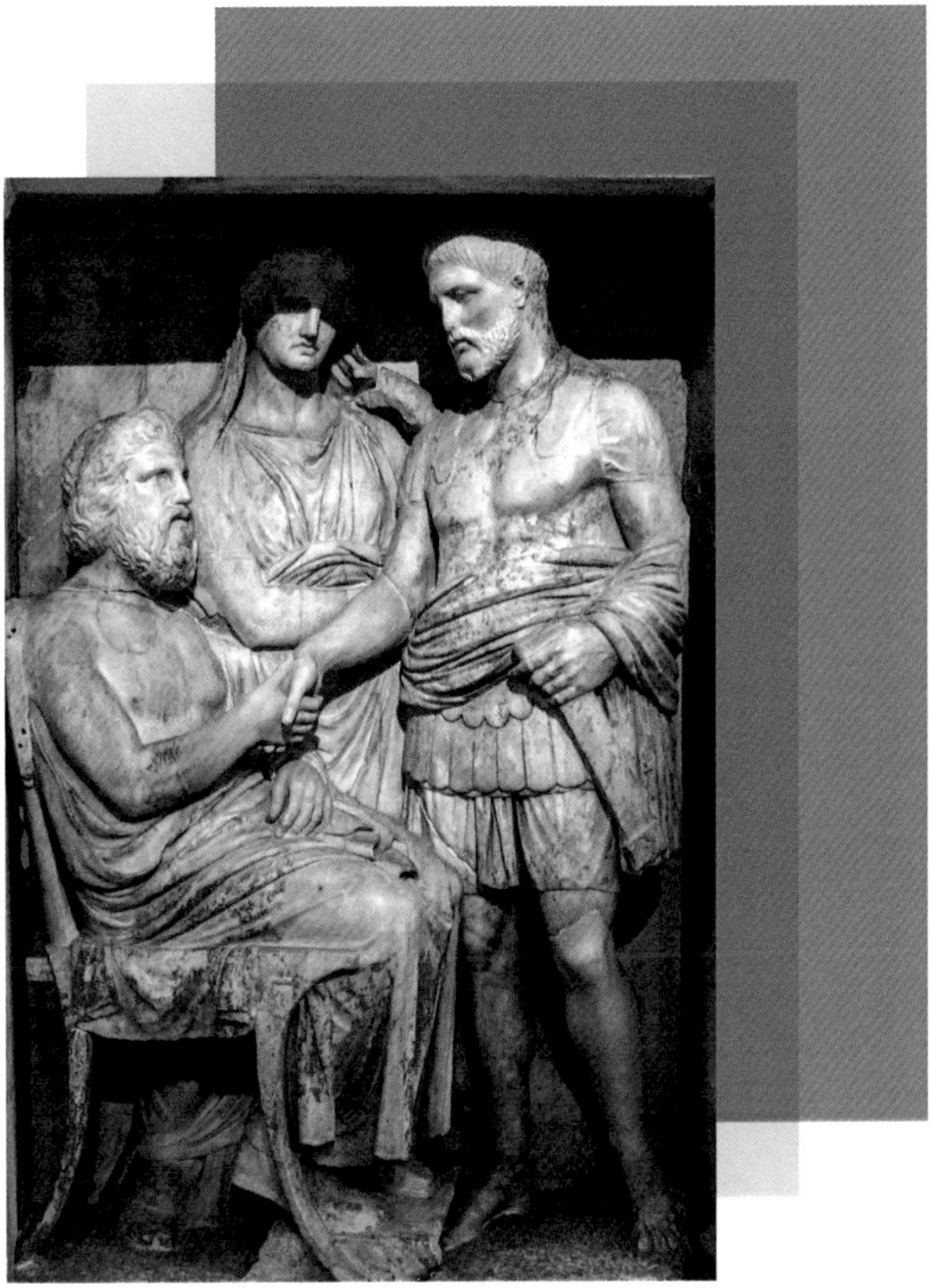

薄命の
姉のおもかげ
美しき
デフォルメされざる
ムンクの絵あり

ムンク展　東京都美術館　二〇〇八年

魅せられて
たたずむ我に
「寂静《しづけさ》」の
弥勒《みろく》の思惟《しゆい》
永劫《とは》の微笑《ほほゑみ》

聖徳太子展　東京都美術館　二〇〇一年
寂静…「涅槃寂静《ねはんじやくじやう》」仏教の悟りの境地

東京都美術館

調べ

人往《ゆ》き交《か》ふ
上野小路に
いづくより
「四季」冬の詩《うた》
寂寥《さびしさ》追ひくる

ヴィヴァルディ　ヴァイオリン協奏曲

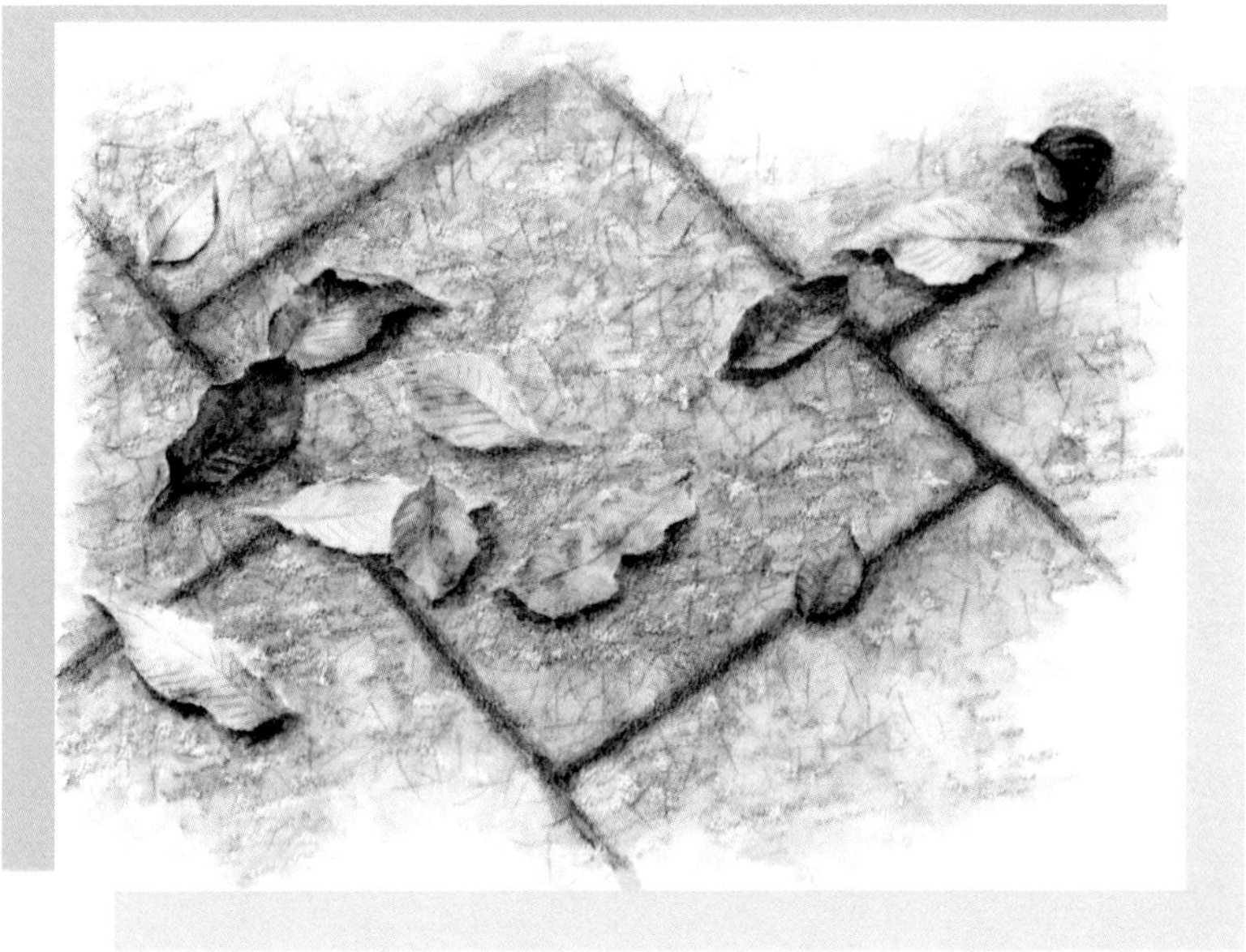

夜はふけぬ
ノクターンの美の
短命《はかな》さに
心のやすらひ
いかに保たむ

ショパン　夜想曲第二〇番遺作

湖の
夜の静寂《しじま》に
やすらぎの
シャコンヌの調べ
月影ほのか

M画伯より贈られた絵によせて
バッハ　無伴奏ヴァイオリン奏鳴曲

夕陽《ひ》は沈《しづ》む
きらめくシャコンヌ
古城月下
《一者（神）》の実在
物理学徒悟りぬ

ドイツ・プルン城青年集会参加の
W・ハイゼンベルク自伝によせて

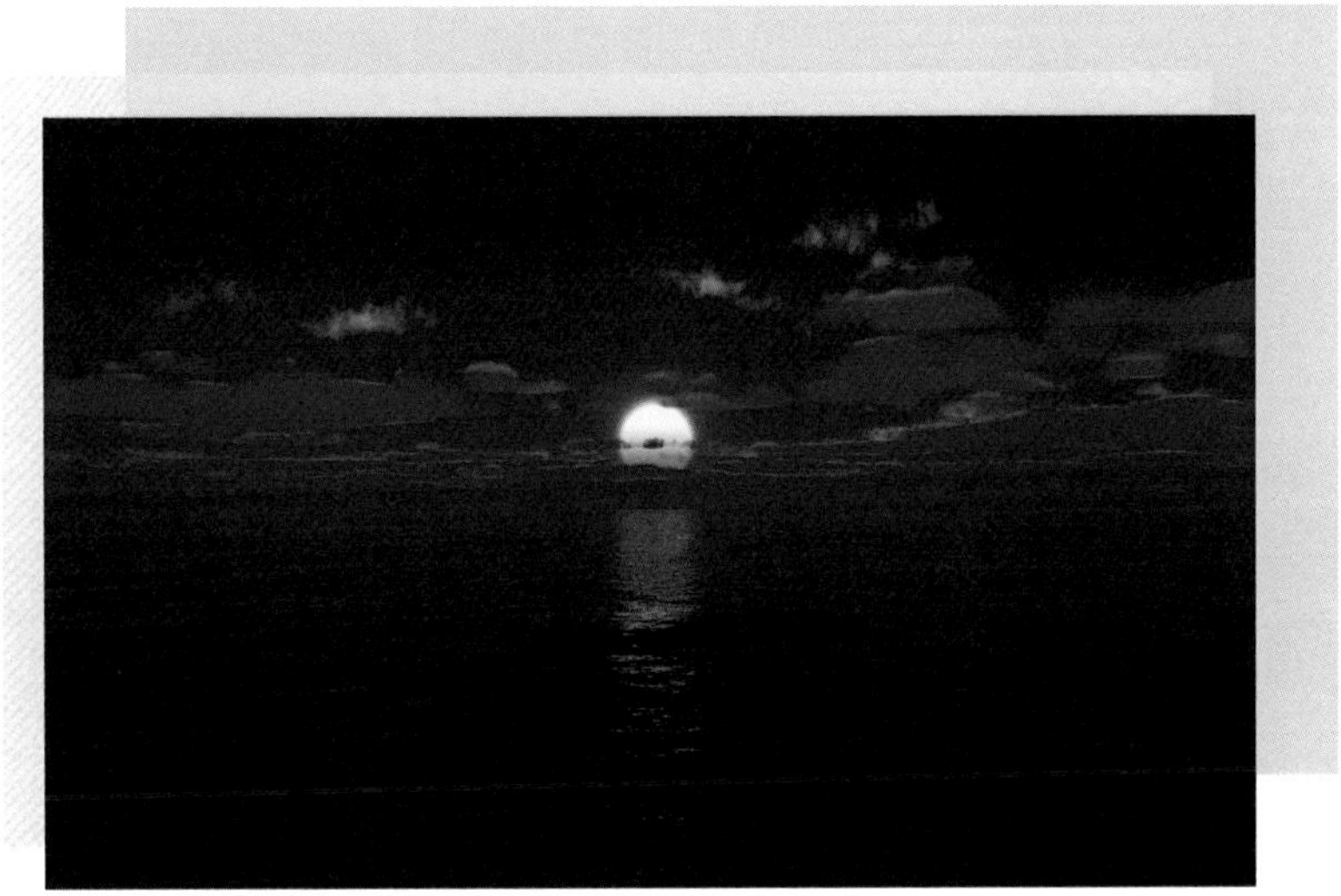

チェロの音色《ね》が
心の琴線《いと》に
しみわたる
魂《いのち》鎮《しづ》けく
浄福あくがる

バッハ　無伴奏チェロ組曲

はるかなり
夕映えつたふ
鐘の音調《ね》の
深き優しさ
ミューズのフィリア《友愛》か

リスト「ラ・カンパネッラ」
フィリアホールにて

新緑の
朝エルヴィラマディガン
流麗《うるは》しく
カフェ一杯の
「らんぶる」懐《なつか》し

モーツァルト
ピアノ協奏曲二一番第二楽章
新宿駅東口、鑑賞用喫茶室があった

古典のこころ

ギリシアへの憧れ　哲学の道　「古事記」によせて

新書棚
「プラトン」置けば
爽やかに
薫風《かぜ》のうるはふ
アテナ・レリーフ

もの思ふ戦士アテナの憂愁に
美を観て刻みし古人《ひと》ぞしのばる

王子《こ》の遺骸《ぬがい》
求むる老王《わう》の
悲嘆《かな》しみに
忿怒《いかり》のアキレス
心やはらげ

ホメロス「イリアス」（前八五〇年頃）
老王…トロイのプリアモス

酒宴《えん》闌《た》けて
城内《しろ》みな眠り
木馬では
ヘレナの擬声《こゑ》に
戦士扼殺《ころ》さる

予言空しトロイ王女《カッサンドラ》は囚はれて
兄婚礼《パリスとヘレナ》を嘆き渡るエーゲは

アイスキュロス『アガメムノン』

川岸で
洗濯《あらひ》いそしむ
乙女らの
ナウシカの気品
英雄《オデュッセウス》魅了す

帆柱にわが身縛りてセイレーンの
甘美の歌声《うた》聴き難所を越えり

ホメロス『オデュッセイア』
セイレーン…船乗りたちを座礁させ
遺体を喰う女面の怪鳥

老犬は
主人《あるじ》の影みて
息絶えぬ
時喪失《うしな》へど
魂交感《いのちまじは》る

トロイ戦争（前一二〇〇年頃）参戦の
オデュッセウスを二〇年間待ちわびた愛犬

無為を蔑《なみ》し
労働の高貴
守りたる
ヘシオドスの詩《うた》
時代をこゆる

『仕事と日』前八世紀頃

天体の
真理求めて
穴に落つ
タレスを嗤ふ
市民はわれら

デリヴァティブ大金まうけのタレス言ふ
われ実利より真理を愛すと

最初の自然哲学者
ミレトスの人・前六世紀前半
アリストテレス「形而上学」「政治学」

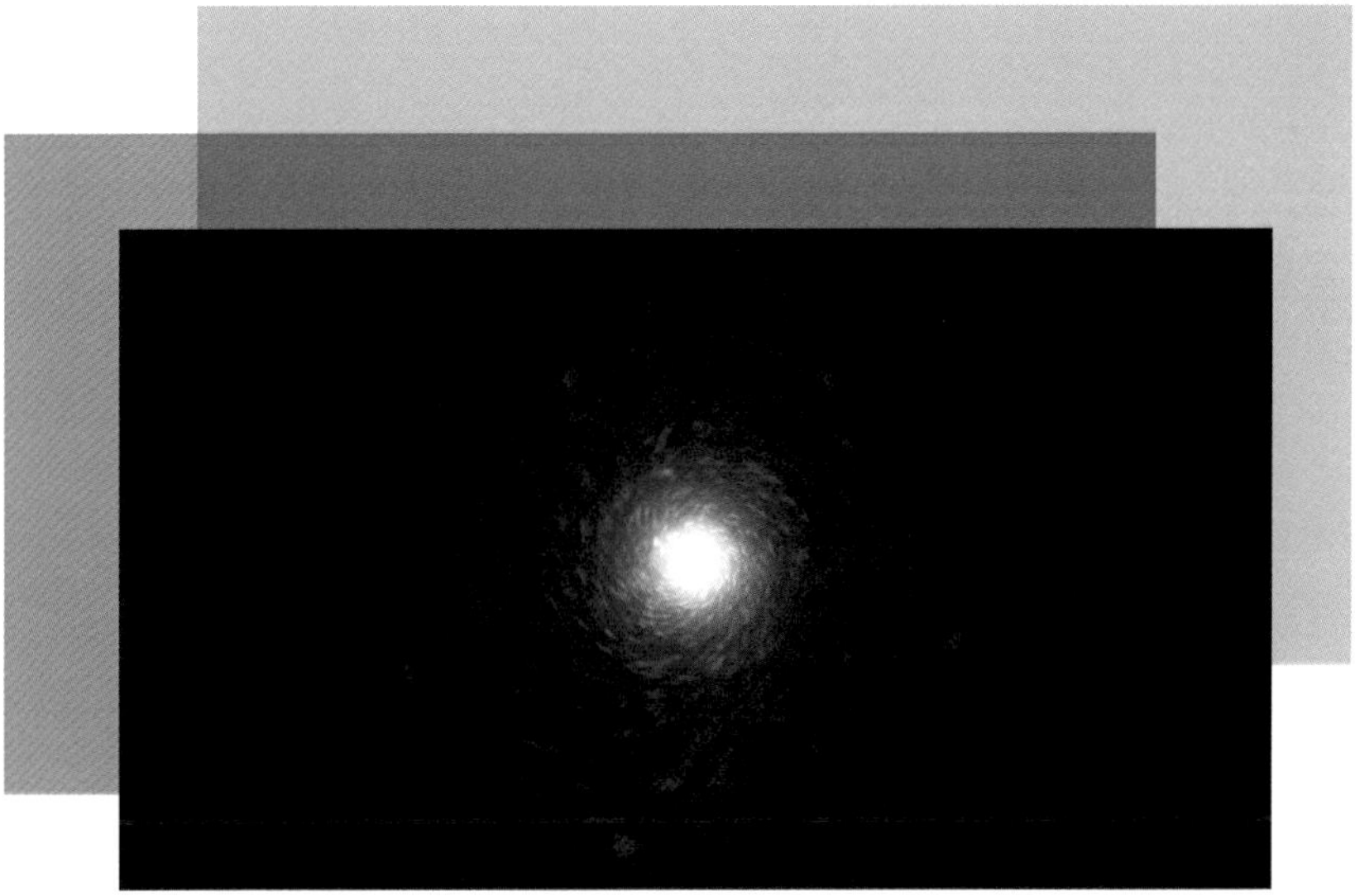

戦慄《おそれ》つつ
真相究明
オイディプス
真理（真実）の愛求《あいぐ》は
ギリシアの精神《こころ》

人生《いのち》厭離《いと》ひ誕生《うまれ》を呪咀《のろ》ひ母妻の
黄金《きん》布留《ぬのどめ》で両眼《まなこ》つぶせり

ソフォクレス『オイディプス王』
前四二九年上演

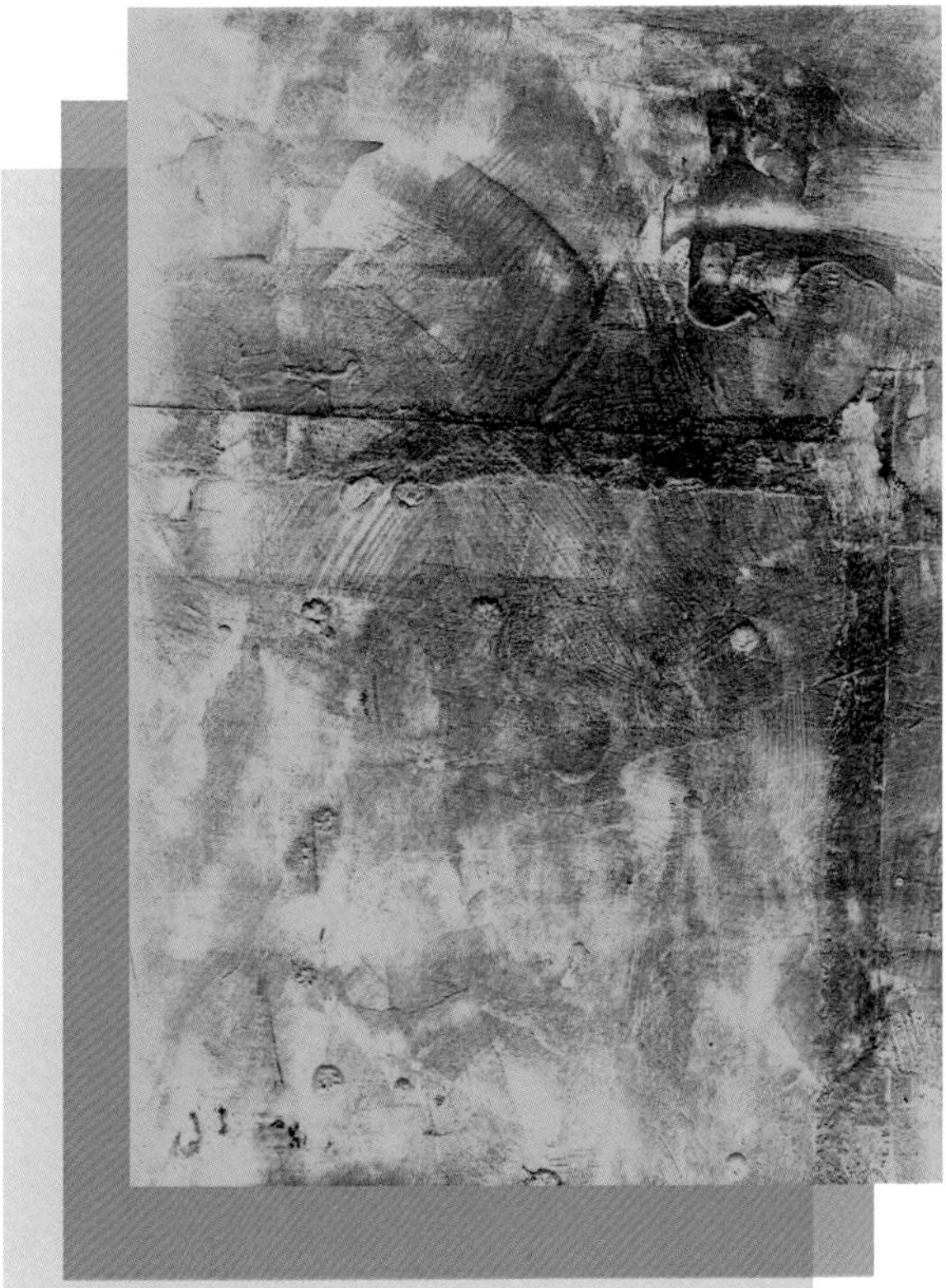

「人の世の
禍福の運命《さだめ》
予測《はか》りがたし」
コロスの合唱《うた》に
われら沈黙《もだ》する

コロス…舞台劇合唱隊

「花は咲き
葡萄は実り
鳥歌ふ」
老父《ちち》をいたはる
アンティゴネ慕はし

『コロノスのオイディプス』遺作
前四〇四年上演。コロノスは作家の故郷

うるはしきコロノスにこそソフォクレス
試練の人生安らぎを得る

ソクラテス
膝《ひざ》上《へ》の白鳥
夢に見る
そはプラトンぞ
「永遠の哲学《フィロソフィアペレンニス》」

金銭《かね》や地位
名誉のまへに
《魂《こころ》のアレテ》を
最期の訴へ
歴史にこだます

「雲」上演　役者扮する〝ソクラテス〟に
「比べて見よ」と哲人回れ右

・アレテ（arete）…卓越性・徳性
・アリストファネス喜劇
前四二三年上演

恩師ゆゑ
〈義人の苦難〉に
極まれる
プラトン哲学
悲劇の思索

美しき正義《ただし》き国制《くに》を求むれど
人性《ひと》の悲劇《ひげき》性ぞ悲劇もおよばぬ
生命《いのち》存在《ある》は自己目的《おのがため》のみにてあらず
汝が諸能力《ちから》を同胞《はらから》要請《もとむ》る

『国家』『法律』
第七、第九書簡等

遥《はる》遥《ばる》と
旅せしアテネ
没《しづ》む夕日《ひ》に
いづくを飛翔《と》ぶや
今　ソフィアの梟《とり》は

ヘーゲル『法哲学』

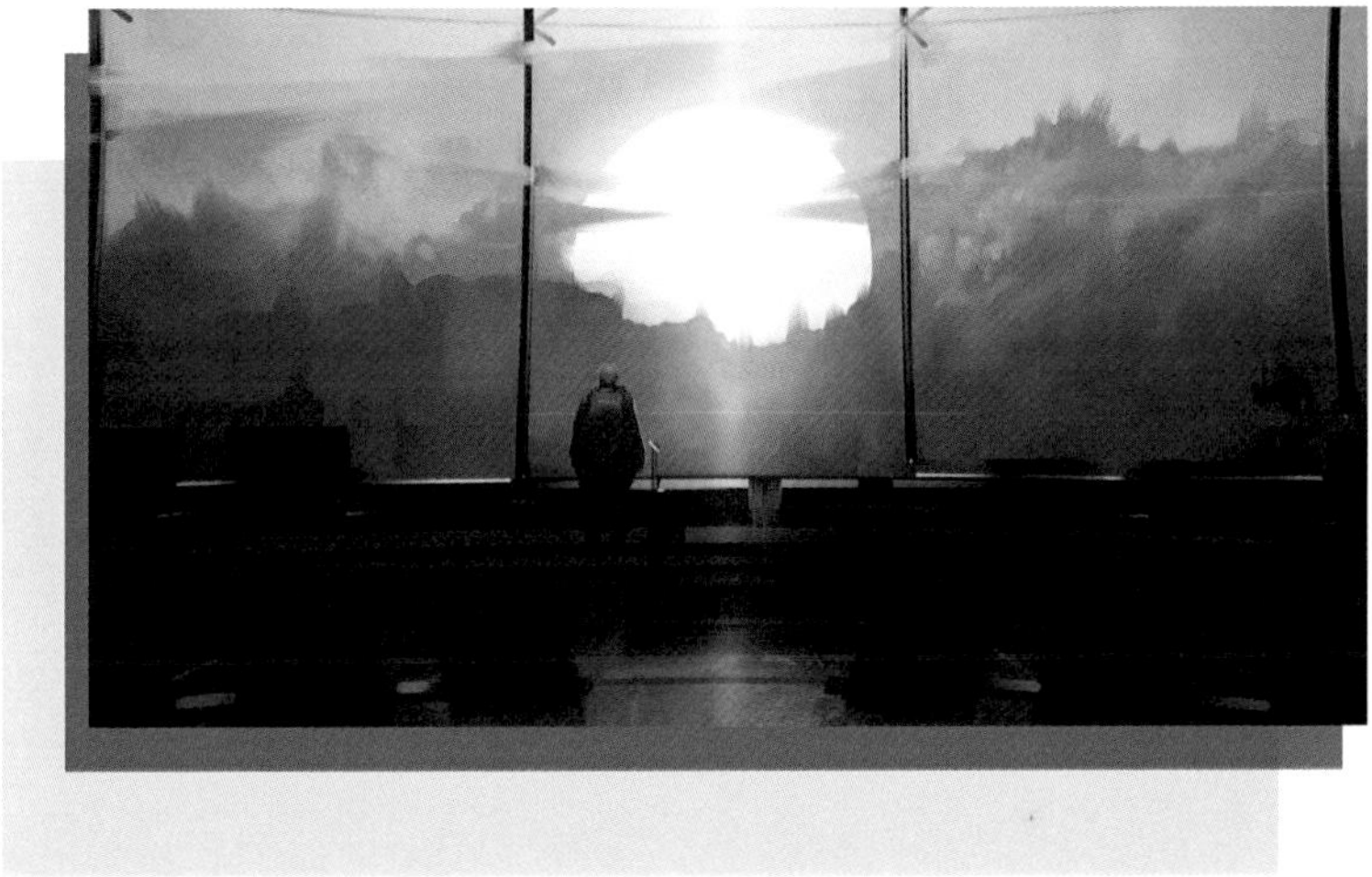

《哲学の道》の
ベンチに
哲学者
作務衣《さむえ》姿に
紫陽花《あぢさゐ》かをりぬ

梅原猛師と出会う
琵琶湖疎水傍らの小径にて

呪詛看破《みたり》
怨《をん》霊《りやう》恐怖の
おぞましき
「迷夢《ゆめ》」の夢殿
哲学者の激怒《いかり》

夢殿…法隆寺・八角堂

フィロソフォスの
人麿への
燃ゆる愛の
読み詠むほどに
胸の苦しき

柿本人麿《かきのもとのひとまろ》

かぐはしや
御衣裳《ころも》のかをりに
包まるる
飢ゑし旅人《たひと》ぞ
今際《いまは》やすらふ

聖徳太子の御衣裳

哀しみの
宿世《すくせ》の人生《いのち》ぞ
法然と
慈悲《すくひ》に邂逅《あ》ひたる
ソクラテスの御弟子

法然院山門
京都市左京区鹿ヶ谷

循環《めぐり》ゆく
生命《いのち》の根源《もとゐ》
慈悲なれば
万物《よろづ》交歓
歓喜《よろこ》び苦患《く》を超克《こ》ゆ

若冲《じゃくちゅう》の
霊の国なれ
よろこびの
花鳥や蝶
遊舞《ま》ひのうつくし

伊藤若冲展　東京都美術館　二〇一六年
江戸中期の画家
宮内庁三の丸尚蔵館　所蔵

須佐之男《すさのを》の
海山枯渇《か》らす
慟哭《なきわめき》は
亡母《はは》愛慕《した》ふ子の
魂《いのち》のあくがれ

素《しろ》兎《うさぎ》の
愚かさ惨めさ
あはれまる
寛仁《なさけ》の精神《こころ》
倭《わ》の童子《こ》ら学べり

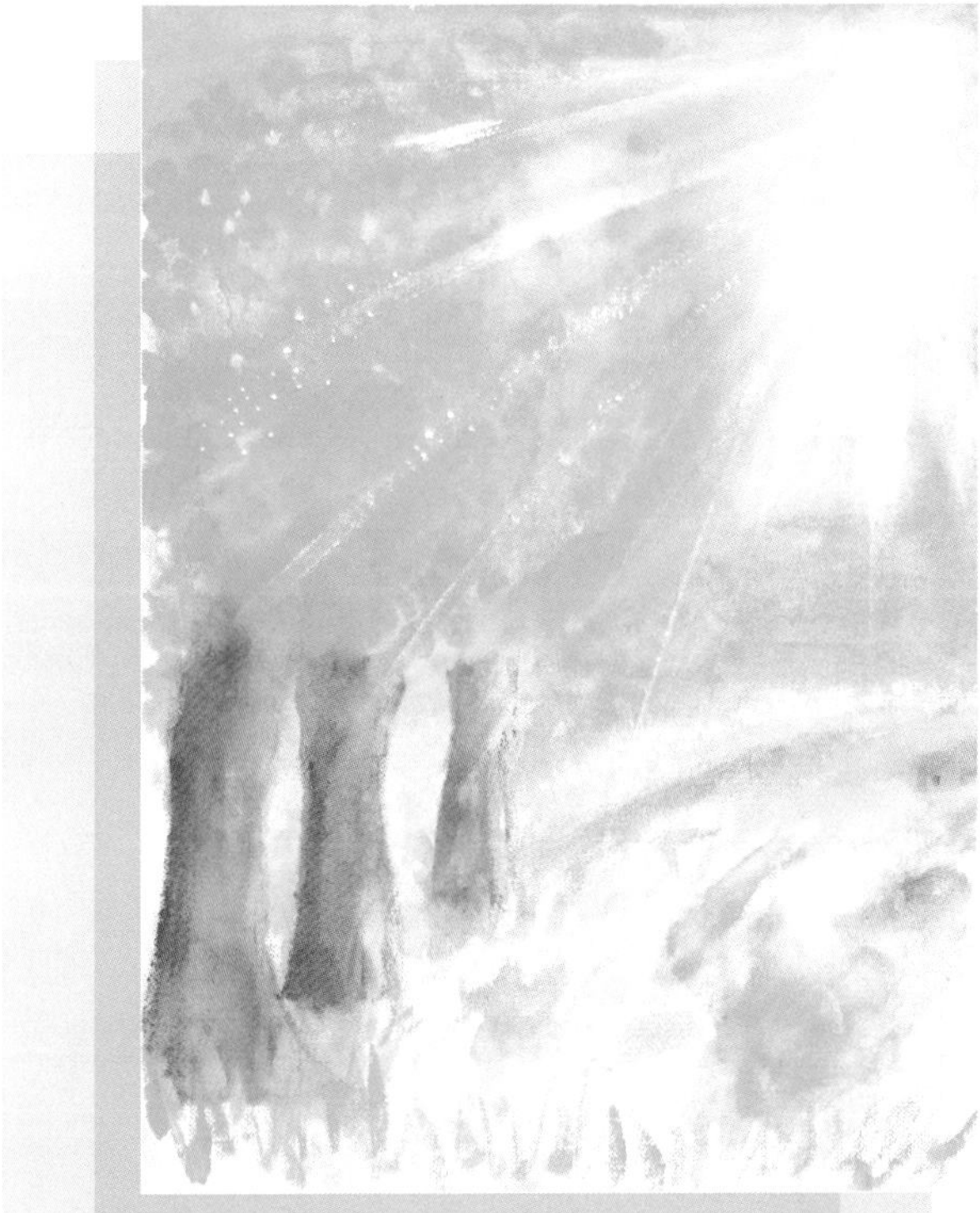

背《せ》の君に
産子《うぶこ》をゆだぬ
沙本毘売《さほびめ》の
兄《え》の稲城《いなぎ》に果つる
愛の悲劇《かなしみ》

野火にまさる
相模野《さがむの》燃ゆる
背の愛に
わが胸の火ぞ
如何にこたへむ

激浪《なみ》の間へ敷く畳上《たたみへ》に降り立ちて
歌ひつ犠牲《ささ》ぐ御姿《すがた》けたかき

足柄の
峠に立てば
白波の
口ずさむ歌か
妻いとほしき

さねさし相模《さがむ》の小野に燃ゆる火の
火《ほ》中《なか》に立ちて問ひし君はも
（弟《おと》橘《たちばな》比《ひ》売《めの》命《みこと》）

御杖《つゑ》重し
嶮坂《さか》のぼりゆく
益荒男《ますらを》の
愛、闘ひの日々
われら人生《いのち》も

人生《いのち》の
終焉《をはり》覚悟《さとり》ぬ
ますらをの
望郷《のぞ》むやまとに
雲かげ立ちぬ

倭《やまと》は国のまほろばたたなづく
青垣山隠《やまこも》れるやまとしうるはし
（倭建命《やまとたけるのみこと》・思国歌《くにしのひうた》）

花の影

初夏　秋　雪　春風

今日われは
「古今」の歌の
春夏を
口ずさんでは
いにしへ偲びぬ

「古今和歌集」

木漏れ日の
ひかりの中に
愛《あいら》しき
小蜂《はち》の名知らず
若葉さやめく

窓辺には
一輪挿しぞ
紫陽花の
瑞《みづ》瑞《みづ》しさに
梅《つ》雨《ゆ》陽《ひ》はやさし

麻布・鳥居坂にて

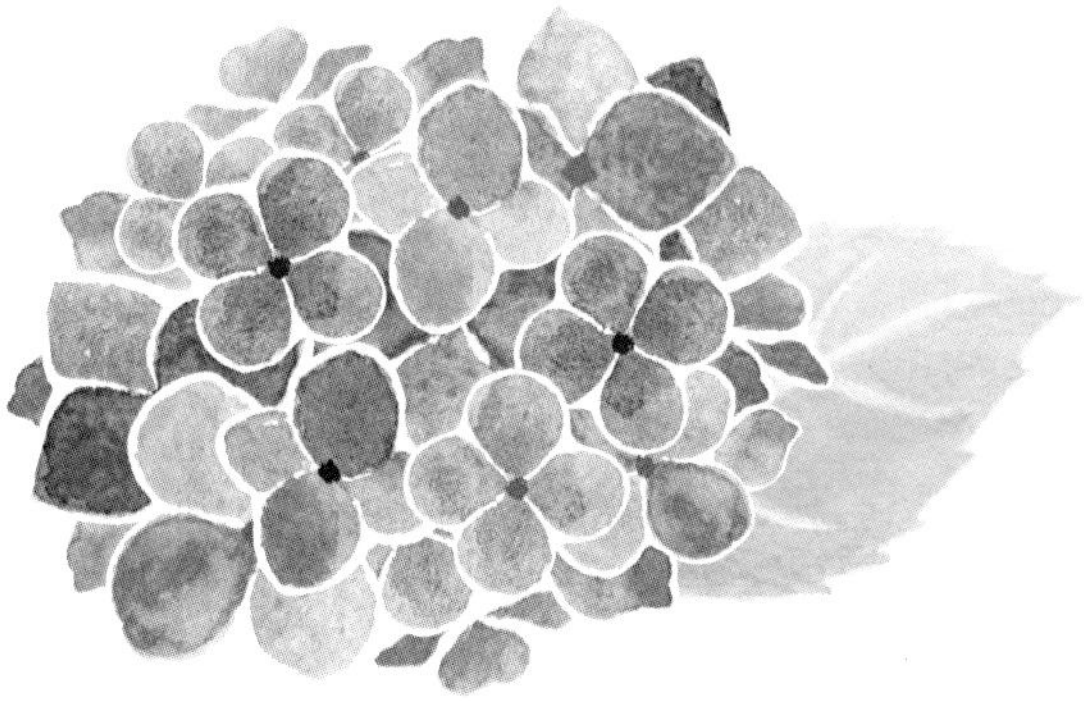

窓明かり
紅色《あか》きほほづき
今日初の
みんみん蟬の
鳴声《こゑ》もさやけし

車軸洗ふ
豪雨の禍雲《まがくも》
かすみ失せ
青空《そら》聳え立つ
積乱の雲現《み》る

真赤《あか》く燃ゆる日輪の影まろかなり
熱波の夕暮れしばしたたずむ

かなかなと
時をきざむか
ひぐらしの
鳴声《こゑ》の絶えなば
身の儚《はかな》さ思ふ

炎暑遊舞《ま》ふ
翅《はね》燃ゆるらむ
あきあかね
今日夕空に
うろこ雲ながれぬ

縁《えん》に座し
花香《かをり》たのしむ
祖父母《ふぼ》の遺言《こと》
「銀微香《ぎんか》ぞかぐはし」
樹影《こかげ》いづくへ

銀木犀

完熟の
時が待たれる
柿の実を
野鳥が啄《ついは》み
わらべは悲し

豊潤の
実りの秋の
うるはしさ
夏こそ偉大《August》と
詩人は讃ふ

リルケ『形象詩集』

あかねさす
八雲うるはし
永遠《とは》の幻《かげ》
かの囚人達《とらはれびと》の
憧憬《あくがれ》かなし

フランクル『夜と霧』
入院中の窓辺にて

射落《お》さるる
日輪の海《み》の
返り血か
夕《ゆふ》映《ば》えに染む
朱《あけ》の弓張月《ゆみはり》

真白なる
富士きよらけし
霜月の
紅葉《もみぢ》にほふや
朝日影《あさひ》の照映《は》ゆる

月はまとか
恵林寺山《ゑりんじやま》に
輝きて
信玄菩提寺《ぼだいじ》
幽明《ほのか》に照らせり

山梨・甲州市松里

転《てん》生《しやう》の
苦海厭離《いと》ひし
正覚《しやうがく》者の
「世界は楽し」に
われも安堵《やすら》ふ

『大パリニッバーナ経』・「楽し」の原語には
「愛すべき」の含意があるとのこと（中村元訳）

木枯らしに
枝垂桜の
枝《え》糸《だ》なびき
花幻《はなかげ》浮かびぬ
空の青澄《あを》さに

冬枯れの木立の緑樹《みどりぎ》小鳥《とり》群れて
日の傾くまで囀《さへづ》りやまず

さやさやと
落葉ふみ分け
見あぐれば
秋の名残ぞ
柿　真紅《くれなゐ》に

足もとに
落葉ひとひら
落つる音
「寂静《じやくじやう》」の調べか
心のふるふ

白雪の
舞ひふる夜の
家灯かり
消え入るごとに
静寂《しじま》深まる

白銀の夜のしじまはひめやかに
雪ふり積もる音色《おと》のささやき

雪やみぬ
弓張月は
山の端に
真白き夜の
あはき輝き

寒椿
雪にうもれる
花びらは
赤き血潮の
息づきに似て

笛吹川《ふえふきがわ》に
淡《あは》くとけゆく
雪の華
はかなさ知りぬ
少年の日に

白梅《うめ》かをる
園庭《には》におり立つ
ツグミ鳥
凝視《みつめ》る樹幹《みき》に
啓蟄《けいちつ》の予感

早咲きの
さくらの花《はな》に
誘はれし
めじろの囀り
春風つたふ

花びらの雨の雫《しづく》のきらめきに
めじろの影うせ早春《はる》はうつろふ

潮風の
瓦礫《ぐわれき》の原に
花屋佇《た》つ
いづくか被災者《ひさいしゃ》達
花抱きて去りぬ

東日本大震災
二〇一一年三月一一日

母を呼び父を求めて子らの叫ぶ
リアスの海辺白浪《しらなみ》の立つ

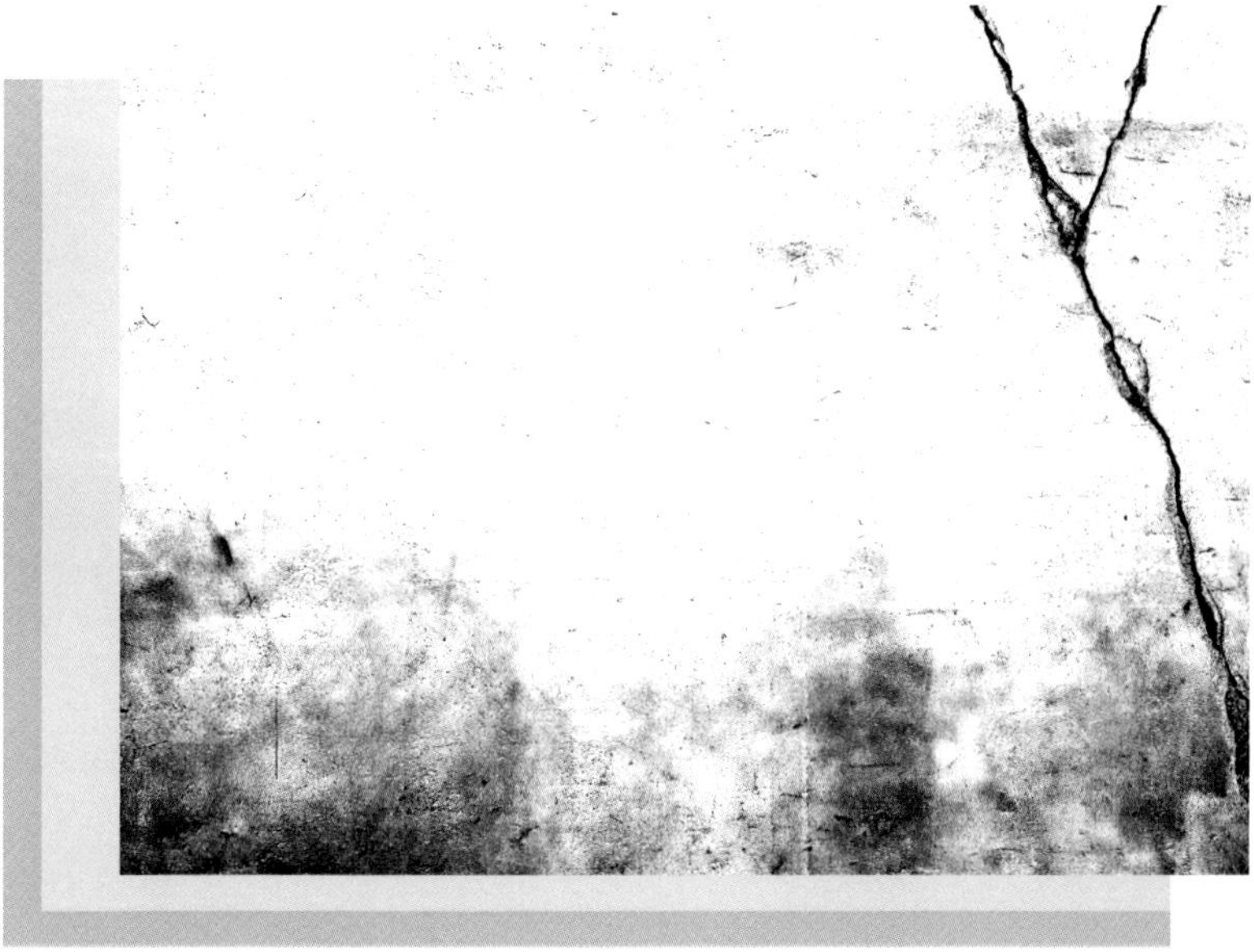

桜花《はな》愛《め》でる
古人のうらみし
春の風
それ吹きてこそ
花の白雪

行き暮れて桜花《はな》の樹《こ》かげに手枕の
夢見る頬に花のおとづれ
（平家物語九巻によせて）

道の端《は》は
散りし花びら
春の風
花うづ 輪舞
花鬼ごっこ

風さそふ
うらら花降る
桜樹《き》の下《もと》に
花と少女の
遊舞《まひ》のよろこび

ソロモンの
栄華も虚仮《むな》し
野の花の
恩寵《めぐみ》のよそほひ
愛《め》でし神の御子《こ》

はかなさの生々流転《しやうじやうるてん》の時空にて
「主の祈り」にぞ《永遠の今《ト・ヌン・アイオニオン》》

新約聖書
マタイ福音書 六章

あとがき　付・追記

二二世紀アート社のお勧奨《すすめ》で、これまでに詠んだ歌のいくつかを新しい形で出版することになりました。しかし私は正直なところ、古語や古文・文法が全く不得手な上に、「作歌」の基本について学ぶことや読むことがなかったため（出版校閲の場合を除いて）、いつも自分の歌に心もとなさを覚えてきた者です。

ただ、子供時代の戦災疎開で山梨の祖父母の家ですごしていた時、東京大空襲で両親が死亡したためその生活が続いたのですが、そこでは時々百人一首のカルタ会が行われていました。私はその座の後ろに座り、時に寝ころがりながら大人達の朗詠を耳にしていたこと（小二、三生頃）を思い出します。今でも記憶にのこっている和歌に「大江山いく野の道の遠ければまだふみもみず天の橋立」（小式部内侍《こしきぶのないし》）があり、ある時、言葉の上での「大江山」について祖父にたずねたところ、話が「酒呑童子《しゅてんどうじ》」のことになり、「怖い」と思ったことなどを想い起します。

実際の作歌の動機には、すでに時が流れておりますが妻が他界したことと、墓参の小径《こみち》でいつも目に映る「古利根川《ふるとねがわ》」（元、利根川下流域・埼玉東部）の自然の風物や移ろいゆく季節の姿などがありました。ところがそれら自然の印象や心象が、なぜか遠い疎開生活の中で見ていた甲府盆地の野山や川の流れ、南の山々の上にそびえ立つ芙蓉峰や満天の星空、月下の雪原、そして野に咲く草花のいのちの姿、そこに遊んだ体験・経験などの「原風景へ」と連なりました。しかも時を経た学生青年時代の読書や絵画彫刻・音楽との出会いなどで受けた忘れがたい感銘感動なども不思議と記憶の底から生々とよみがえってきたのです。通常の短歌の内容（対象）としては基本を「逸《そ》れる」の感もありますが、それらをも詩歌にとどめたいと思った次第です。

「古典のこころ」の段に、以前梅原猛先生の著作に寄せた歌の中から数首を加えさせていただきました。現代日本を代表する哲学者をここにおくなどと、あるいは奇異に映るかも知れません。しかし「梅原日本学」の呼称も示すように、先生が取り組まれた歴史的日本人の心魂《こころ》と精神の源流への深く豊かな洞察とその「五分も惜しむ」ご研究・思索は、ついにこれからの「人類哲学」の構想へと展開しました。そこに息づくのは自体《古典の心》でありましょう。

京都の「哲学の道」でお会いしたおり、先生はそれを「邂逅《かいこう》」とおっしゃったことを懐しく想い起します。身に余るお言葉とあたたかいお励ましを賜わりました。梅原猛先生への心からの感謝と敬愛そして追悼の念《おも》いをここに記す次第です。

なおこの歌集は主に前作「いのちの四季に（歌集とエッセイ）」（教文館二〇一四年）からの抄記と前述のような理由からも、過去の体験・記憶・心象等の想起に拠るものが少くありません。そこで私自身の浅学非才故の記憶違いや知識の不足、解釈の誤謬などにつきましては、読者諸賢方のご教示を乞い願う次第です。

出版に際して二二世紀アート社代表の向田翔一氏の温かいご理解とお励ましに厚く御礼申し上げます。校閲の労をおとりくださいました元吉志貴様からは貴重な御教えとご助言を賜わりました。深く御礼を申し上げます。ならびにこの新たなかたちの歌集本制作のために企画・編集部の皆様が歌にそえる画像選びとその対応（照）等の事で一方ならぬご努力を重ねてくださいましたことに心より感謝を申し上げます。そして「ピクスタ」よりの多くの画像提供と、花・・・・・のよろこびのつたわる表紙制作にあたられたデザイン部に、あらためて謝意を表する次第です。

吾妻國年

二〇二三年九月

追記　クロイソスのことば

原稿の校正が終る頃、プーチン・ロシアの侵略によってウクライナ戦争が始まりました。世界の衆人環視の中にあっても、得体の知れぬ暗き情念に衝き動かされてか、残虐非道の戦争悪が繰りかえされ、錯綜する情報と、破壊と死のむごい映像が、観る者達の激情をかき立てずにはおきません。事態が私（達）自身と「同じ人間性」の内から生れてくるからです。そしてなぜか、あのヘロドトスの『歴史』の一節を想い起しました。そこに「最古の平和論」のひとつが記録されています。

前五四六年、ペルシア王キュロスとの戦いに敗れたサルディスのクロイソス王が、リュディア人の子供達と共に火刑の巨大な薪の上に登らせられ、勝者からの問いに答えて告白したのです。

戦争は「親が子を葬る悲しみ」ぞ
　心ゆさぶるクロイソスのことば

それを聞いたキュロスは、すでに燃えあがる王と子供達焚殺《ふんさつ》の火焔を消そうとしたのです。今、ウクライナのあの「ひまわりの咲く大地」から、そしてロシアの花咲く草原の彼方からも、この深い悲しみの叫び声が聞こえてきます。

（著者）

著者略歴

吾妻國年（あづま　くにとし）

1941年、東京・墨田区生れ、戦災疎開中に東京大空襲（両親死亡）。

1963年、東京神学大学神学部入学。

1969年、同大学院修士課程神学研究科（組織神学）修了。同年、日本基督教団神戸栄光教会へ赴任（補教師准允）

1972年より東洋英和女学院中高部教諭（聖書）、高等部長、同学院副院長歴任。

〈著書〉

「歌集　白鷺の詩」　文芸社　2008年

「歌集　いのちの四季に（歌集とエッセイ）」　教文館　2014年

歌集
花の想ひで
いのちの四季シリーズ

2024年2月29日発行　著　者　吾妻國年
発行者　向田翔一

発行所　株式会社22世紀アート
〒103-0007
東京都中央区日本橋浜町3-23-1-5F
電話　03-5941-9774
Email: info@22art.net　ホームページ：www.22art.net

発売元　株式会社日興企画
〒104-0032
東京都中央区八丁堀4-11-10 第2SSビル 6F
電話　03-6262-8127
Email: support@nikko-kikaku.com
ホームページ：https://nikko-kikaku.com/

印刷
製本　株式会社PUBFUN

ISBN：978-4-88877-283-9